U0103602

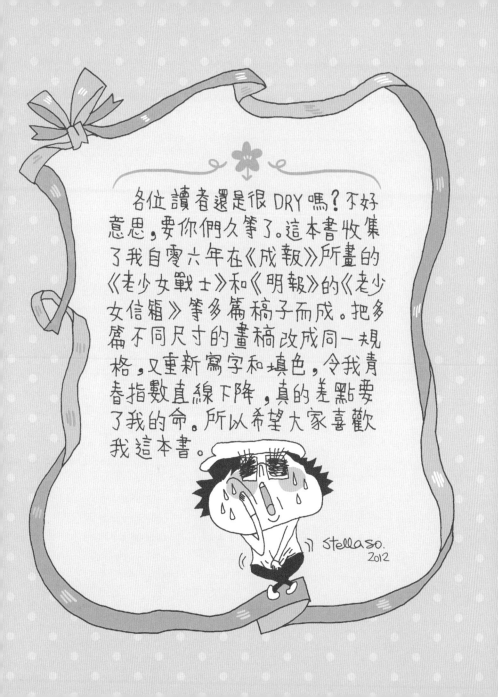

各位讀者還是很 DRY 嗎？不好意思，要你們久等了。這本書收集了我自零六年在《成報》所畫的《老少女戰士》和《明報》的《老少女信箱》等多篇稿子而成。把多篇不同尺寸的畫稿改成同一規格，又重新寫字和填色，令我青春指數直線下降，真的差點要了我的命。所以希望大家喜歡我這本書。

stellaso.
2012

CHAPTER 1
我要做「熟」女

我要學化妝

話說從不化妝的我一直覺得化妝就像塑造一尊假人一樣，十分虛偽。但怎知自己過了三十，漸漸明白光憑內在美是不夠的，還要靠一下外牆補漏和搭棚僭建。於是在大除夕，找來P小姐指導一下。

我今次是老師！

P小姐老師

教材

L小姐

遲了廿年學化妝的卑微學生

P小姐的裝備

P小姐購物十分精打細算,總會買到最便宜最好用的化妝品,有些更是從十元店和台灣格仔店買回來的。

STELLA的裝備

從不化妝的我怎會有這麼多化妝品呢?話說某雜誌找我用某日本品牌的化妝品畫畫,畫完後竟然沒有發稿費(!!?)於是把名牌化妝品統統據為己有了。♥

L小姐的裝備

L小姐的化妝品不多,但都是名牌子來的,可能因為她怕皮膚敏感吧。

你賺晒啦!

有很多是全新的!

化妝品小簡介

BB CREAM
近來很HIT,可代替濕粉底,用時可混合保濕乳液一起用。可把皮膚上的洞洞遮蓋。

保濕乳液
化妝前要用乳液潤一潤皮膚才可上妝,也可用來稀釋較濃的粉底。

化妝水
化妝前要平均地塗在臉才好上妝的。

遮瑕膏
用較深顏色的遮瑕膏較好,用較淺色的反而在化妝後會露出來。色斑和眼袋是遮蓋的重點位置。

卸妝液
又有卸妝水、卸妝膏和卸妝油。

頭髮貼
可以黏起頭髮方便化妝的魔術貼。

菜瓜水

可以隨時拿來噴的菜瓜水有保濕作用,化妝後更可以拿來定妝用。

卸妝棉

有乾棉又有已浸上卸妝液的棉片,選擇合適的卸妝方法才可以繼續扮靚呢!

乾碎粉

有助穩定底妝
的碎粉，令臉
孔有閃爍的效果。

乾濕兩用粉底

海棉沾一沾水，
便可以把乾粉
底當濕粉底用，
令粉底更貼臉。

胭脂

使人紅粉菲菲
的重要法寶。

**化妝用
毛毛掃**

不能缺少的
美術用品。

眼影

在眼角塗一塗，
令你立即變倩
女幽魂。

睫毛鉗

讓你的眼睫毛
捲曲的武器。

睫毛液

瞬間令眼睛大
一倍的魔術棒！

唇彩

塗上一點唇彩，
即變性格尤物！

假眼睫毛

把自己變成洋娃
娃的終極武器。

眼線筆

有人說如果不畫
眼線便不如不
化妝。

即棄眼影

像印水紙般
把眼影印在
眼簾上。

梳理眼眉毛套裝

女孩子都應該有
一套傍身。

打地基

1 先以潔面乳洗淨面上的油垢。

2 然後把化妝水倒在手掌上。

搓搓手,令雙手平均沾滿化妝水。

接著輕力拍滿全面。

3 平均塗上潤澤肌膚的乳液。

4 在額頭上黏上一片可吸啜頭髮的魔術膠貼。

黑頭
色斑　眼袋
暗瘡

5 以接近配膚色的遮瑕膏隱藏青春的印記。

6 把BB CREAM加上乳液,在手上溝成濕粉底。

7 並平均點在臉龐上。

8 然後輕力把濕粉底由上而下,外至內地點在臉上。

9 再以海棉把乾粉餅塗在臉上。

10 或者用軟身大刷子把接近自己膚色的乾碎粉由上而下掃在臉上。

11 為了令化妝不太突兀,頸下也要刷一點粉修飾一下啊!

眼部僭
建工程

1 話說終於要處理化妝中最艱深的眼妝了……

2 首先要用眉鉗定期拔走礙眼的新生眉毛。

3 又要用眉掃和眉剪修剪過長的眉毛。

4 好了，到我最弱的眼線環節了。今次帶來有如科學毛筆的眉筆……

明明畫畫是我的老本行，怎麼畫一條眼線就這麼困難呢??!

5 輕輕把眼皮向上拉，再以眉筆由眼尾斷斷續續地畫至眼頭。

6 再小心翼翼地填補眼線之間多個間隙，畫完後不可以立即合起眼，以免眼線給印花了。

7 一不留心，兩隻眼的眼線便會畫得不對稱，最傷腦筋是不知修改哪條眼線好。

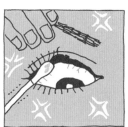

8 這個情況，一支沾有卸妝油的棉花棒便是很好的修理工具。

9 手旁最好有本教基本化妝技巧的書籍，這樣便萬無一失了。

10 終於要上眼影了，今次用的是粉紅系列配上深啡色。

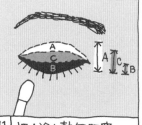

11 把A塗上整個眼窩，C塗在雙眼皮摺痕，最後沿眼線畫上深啡色B。

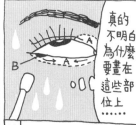

12 又要把A和B分別塗在眼角和下眼皮處。

13 登登登登，又到化妝最嚇人的一幕了……鉗眼睫毛！！

14 今次帶來了名牌子的睫毛鉗，先用風筒加熱5秒。

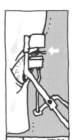

15 小心翼翼把睫毛放在鉗片中。

16 小心地一壓，用點陰力。

17 小心地抽上，再重複幾次。

18 眼睫毛曲了，眼淚也走出來了。

19 眼睫毛曲了，便可用濃濃的睫毛液把睫毛加長。

20 先用面紙把過多的睫毛液沾走。

21 再從下至上，內到外地以「乙狀」沾上睫毛液。

22 如果不小心地逐根掃上，便會一堆堆。

23 再左右來回掃在下眼睫毛上。

24 咦?怎麼眼前有黑影的?!

怎麼辦
怎麼辦
怎麼辦

25 原來掃下睫毛時竟把睫毛液沾在眼球上?

26 幸好我戴了即棄隱形眼鏡,否則要用卸妝油洗眼了。

27 我小心地在不弄壞眼妝的情況下把它換掉。

28 到了砌模型時間了。手上預備了「全眼型」和「局部型」的假眼睫毛。

29 先把假眼睫毛弄曲10下,弄至自己眼窩的曲度。

30 塗上膠水,頭尾用較多膠水。

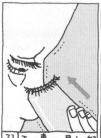

31 再以專用工具把假眼睫毛從眼尾內側2mm處開始貼上。

32 呵呵……我現在擁有洋娃娃的眼睛了!

老少女神仙水

怎麼護膚品每天也好像在漲價的？

1

這支水貨爽膚水現在經大型連鎖店獨家代理後，竟然立即貴20%?!

2

精明抵

可惡呀！藥房執笠了，超市更把護膚品的售價一律mark up 30%以上！

3

多年來神仙水的秘密……

就在這個無奈的一刻，我看到神仙水的廣告……釀酒的畫面。

4

呀可!

5

媽,每一餐給我留下洗米水可以嗎?

6

7 然後把米水放入雪櫃冷藏。

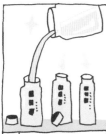

8 之後便倒進用完的護膚品空瓶中冷藏待用。

9 每天洗澡後,就把化妝棉浸透冰凍米水敷面,一塊化妝棉又可分兩三片用……

每天用米水代替爽膚水和面膜,真的好像塞錢入自己袋呢!

10 更要不時把化妝棉用米水弄濕,每天持續廿分鐘,皮膚便會吸飽水份,毛孔收縮。經老少女本人勇番測試,絕對有用!

幽靈豆豆

1 我深信這個世上有很多靈異事件。

2 而我,好像給附體了……。

3 自從青春期過後,這東西一直沒走過。

你好,我初來報到,多多指教!

4 你看,又來了……這個幽靈豆豆。

5 話說每天早上我的首項任務便是照鏡子。

果然今早有顆新的!

6 看看有沒有豆豆長在臉上的T-ZONE。

7 因為豆豆是初長成,沒辦法對它下手,只好塗上暗瘡膏,便出外工作了。

8 及至下午，豆豆已經茁壯成長，成為青春期豆豆了。

HELLO！我已經是中學生了，呵呵！

9 還開始看到白色的東西。

我要消滅你！

!?

10 就在要幹掉它的一瞬間……

不要啊！我還未熟透，這樣無效之餘，更會有傷口的!!

手下留情呀！

11

好彩

又說得沒錯，現在沒有棉花棒和暗瘡膏，傷口有東西流出來……

12

為什麼要掩住下巴呢？

啊……沒什麼，呵呵……

13 於是乎餘下的社交場合，都在遮遮掩掩中度過。

我已經成熟了！

14 怎知回到家，才發現豆豆早已成為「白頭叔叔」了。

15 狗夠說，立即幹掉它！

我又回來了！

16 誰知第二天起床，它又回來了。啊……

6 但是,我常常幻想到美容效果是不會長久的。

7 要像僵屍般從此跟太陽 SAY GOODBYE。

8 一旦開始接受「改造」,將會是無止境的苦惱。

9 又如果身體受不了的話,分分鐘會生出大病來。

10

11 想美麗,還是早一點睡好了。

老少女警訊 案件重演

1 每天老少女一起床，便向繁重的工作勇往直前。

2 所以每天早上的護膚保養都是老少女重要的開始。

3 照了一下鏡子，總有點不順眼，於是再看清楚一點。

白頭髮？？？

4

5 頭髮一向烏黑濃密的我竟然長白頭髮!?

6

是關叉的？?! 其中一條更

7

8 一大清早沒有比這更令老少女難過的了。

難道因為我近來太DRY,想創作題目想得太用力?!

又或是我每天晚上開OT,令到青春嚴重透支??!

難道是我怕自己嫁不出而潛意識地想得太多!?

難道我買的基金在金融海嘯中大跌,而令我潛意識十分擔憂。

No!

?

咦?剛才我好像有點煩惱,究竟是什麼呢?

各位親愛的老少女們,記住鎖好門窗,千萬不要給陌生的負面思想進入你的家門,每當不幸遇上,要大聲說「不」!

微笑課·一

1. 我有個向下彎的咀，不是那種笑容可掬的女生。

2. 當有需要拍照時，總是勉強擺出一個不自然的笑容來。哎

3. 拍照時，更時常不小心地把頭抬高，令臉孔又肥又大。

4. 直至近來在廈門的展覽中遇上攝影師美少女S小姐。

你可以把我的臉孔拍得瘦一點嗎？

S小姐

5. 你看你笑得多緊張，讓我教教你吧！

首先咀角向上翹起，試試看！

不是要用手指撐起臉孔啊！

手不用直接碰皮膚，只是這兩個蘋果位向上移。

這個時候咀唇要放鬆，牙齒切記不要露出來呢！

臉孔寬的話便要三七分面啊！

S小姐

CL小姐

想臉尖，便要下巴向下，要時常練習。

於是我便在廈門上了人生第一堂笑容課了。

微笑課・二

自然些……笑……

CL小姐

S小姐

話說上一期講到我在廈門第一次學習怎樣去笑。

1

笑容不錯，不過動作未免太生硬了。

2

不如等我教你一下怎樣擺POSE搶鏡吧！

3

嚟……1的動作！

4

這個是2！

5

老少女青春心境洗腦法

1 每當新年過節又或是阿嫲生日的親友聚會......

2 總會找到一些打擊老少女的事情。

嘩......你好嘛？BB......

表嫂 表哥

3 這個就是大我三個月但髮線嚴重後移的表哥的女兒，愈長愈可愛。

2天大　9個月大

4 我還記得之前看到的還是初生BB，現在已經快學走了。

咦？我是她的什麼長輩呢？

5 這個時候，老少女總是自尋煩惱......

夫妻
表哥　表嫂
女
表妹　表＋姑姐

6

表姑姐

7 當知道結果後，老少女難免大受打擊。

嘛

8 這令我想起以前到同學家做PROJECT，旁邊的房間有個出生一兩天的小BB。

我老了

9 但是他現在已經讀六年級，還要姐姐們稱呼他「阿MIC」呢！

CHAPTER 2
玉女心經

MR.磅

1 入到浴室,發現了很久沒有接觸過的朋友。

你好嗎? MR.磅,很久沒見了,你還好嗎?

你還好意思說?

我如此誠實可靠,你怎可以這樣對我呢?

你差不多半年沒有用我了,你不怕「發福」的嗎?

你竟然連我的包裝膠膜還未拆,你太可惡了!

得啦得啦,我幫你擦靚靚便可以了,這樣舒服一點了嗎?

算你啦!

用我之前,記得要看清楚指針是「0」啊!

咦……?

時時桑拿老少女·一

話說每天都辛勤工作，工作時間和壓力令我感到疲累。

我真的很懷念韓國那裡的三溫暖啊！

三溫暖是指我們可反覆浸泡三種或以上的浴池來達到促進新陳代謝的作用，如下：

1. 舒服的暖水浴池
2. 冰冷的浴池
3. 熱烘烘的浴池
4. 下雪中的溫暖浴池

浸夠了，男男女女會穿著寬鬆的運動衣和帶備一條毛巾。

4

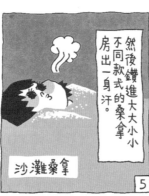

然後鑽進大大小小不同款式的桑拿房出一身汗。

沙灘桑拿

5

我最喜歡石春桑拿，石春暖暖燙著頸後太舒服了！

石春桑拿

6

不過，香港這個地方可真沒有什麼正當的地方浸浴，住唐樓又沒有名貴會所桑拿，GYM的桑拿又遠又貴又知自己無恆心。

7

後來看到雜誌上的直銷廣告，才知道我也可以在家隨時焗桑拿呢。

3

!?

8

時時桑拿老少女・二

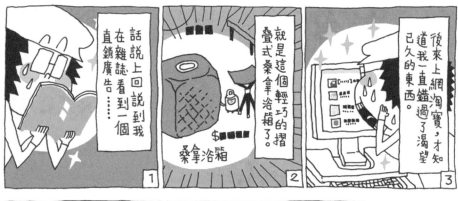

1. 話說上回說到我在雜誌上看到一個直銷廣告……

2. 就是這個輕巧的摺疊式桑拿浴箱了。
桑拿浴箱 $■■■■

3. 後來上網淘寶，才知道我一直錯過了渴望已久的東西。

4. 搜索桑拿，相關寶貝竟然有五萬多件！
所有分類
找到相关宝贝5…

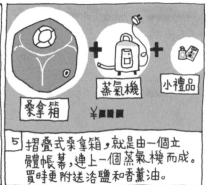

5. 摺疊式桑拿箱，就是由一個立體帳幕，連上一個蒸氣機而成。買時更附送浴鹽和香薰油。
桑拿箱 + 蒸氣機 + 小禮品
￥■■■■

讓我介紹一下家庭式桑拿浴箱的種類吧！

吹氣式圓筒型

摺疊有帽帳篷型

摺疊四正罐頭型

¥■■■

¥■■■

¥■■■

豪華柏木熏蒸泡
澡桶一套五件裝

不銹鋼摺疊浴缸型

¥■■■

¥■■■

時時桑拿老少女·三

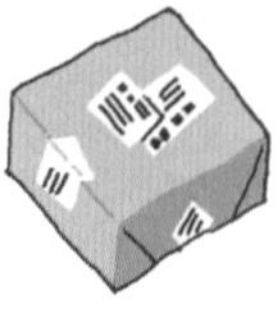

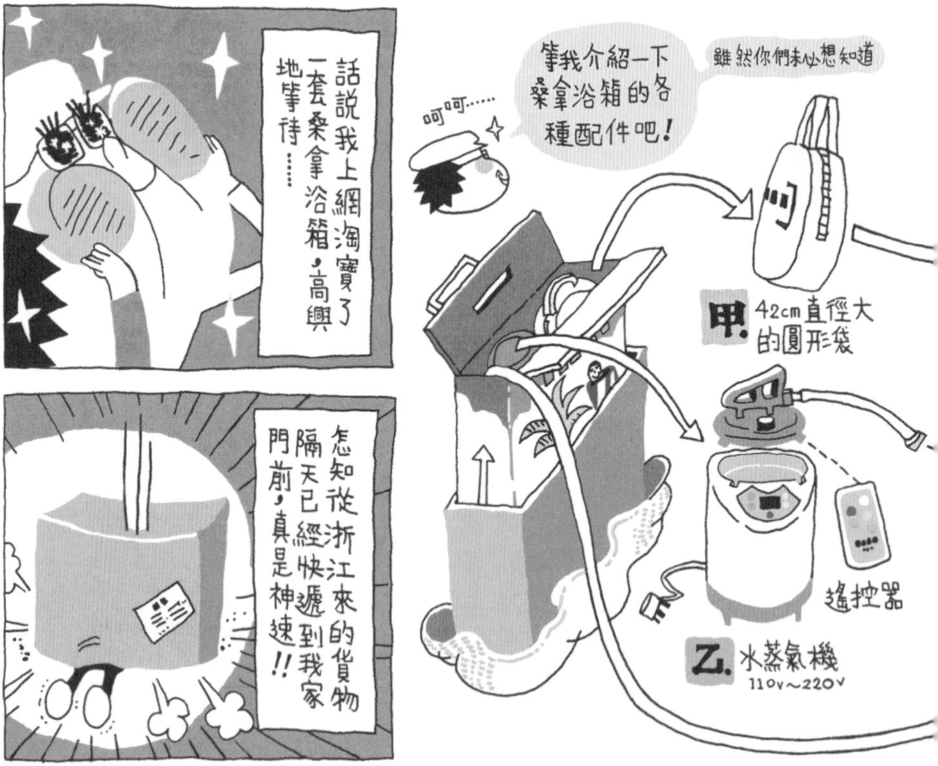
話說我上網淘寶了一套桑拿浴箱，高興地等待……
怎知從浙江來的貨物隔天已經快遞到我家門前，真是神速!!
呵呵……
等我介紹一下桑拿浴箱的各種配件吧!
雖然你們未必想知道
甲. 42cm直徑大的圓形袋
遙控器
乙. 水蒸氣機
110v~220v

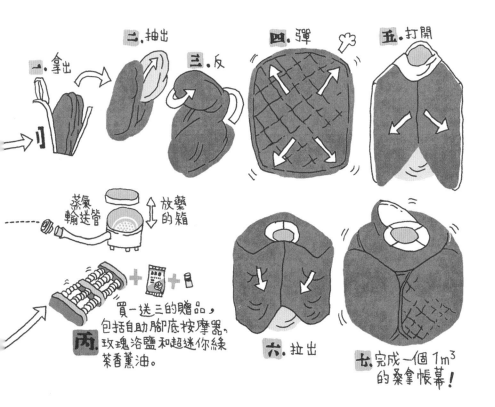

一. 拿出

二. 抽出

三. 反

四. 彈

五. 打開

蒸氣輸送管　↕ 放藥的箱

買一送三的贈品,
包括自助腳底按摩器、
玫瑰洛鹽和超迷你綠
茶香薰油。

丙

六. 拉出

七. 完成一個 1m³
的桑拿帳幕!

時時桑拿老少女·四

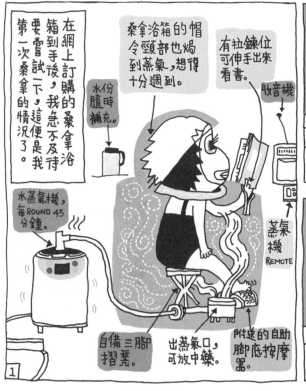

在網上訂購的桑拿浴箱到手後，我急不及待要嘗試一下，這便是我第一次桑拿的情況了。

桑拿浴箱的帽令頸部也焗到蒸氣，想得十分週到。

有拉鍊位可伸手出來看書。

水份隨時補充。

收音機

蒸氣機 REMOTE

水蒸氣機，每 ROUND 45 分鐘。

自備三腳摺凳。

出蒸氣口，可放中藥。

附送的自助腳底按摩器。

2 洗完澡高高興興跳進浴箱桑拿，怎知熱力不足……

3 於是把毛巾堵塞任何漏出蒸氣的地方。

4 看書的手倦了,只好開收音機解解悶。

5 之後發現完全鑽入浴箱中竟然夠熱。

6 不如整個人坐在浴箱中,此時蒸熏肩頸位置效果一流。

7 這個時候不妨把全身經絡和穴位也按摩一番。

8 而且更要狠狠地仔細按摩腳底穴位,這樣就知道自己的身體問題。

9 過多廿分鐘,浴箱夠熱了,蒸得太舒服了!桑拿浴箱可真是老少女養生的恩物!

榨汁老少女‧一

1 話說過了「三張」的老少女不得不注重健康。

2 於是在書店買了這本有關天然養生療法的暢銷書。

不一樣的自然養生法

3 這是一位曾患癌症而靠自然方法自救成功的醫生編寫的養生法啊!

這方法有用嗎?

4 例如每天也要曬中午的太陽來製造維他命D,春天每天曬四十五分鐘,夏天廿分鐘,秋天一小時,冬天兩小時。

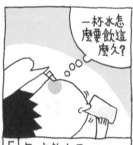

5 每一次飲水要一小口一小口的啜飲,令更多細胞吸收水份。

一杯水怎麼要飲這麼久?

又要根據自己的血型來吃食物，A、B、AB和O型血的人各有不同需要。

但我不知自己是什麼血型吸！

6

六杯?

7 吳醫生的養生法精髓在於用大馬力的榨汁木幾把蔬菜生果的肉、芯和核攪成蔬果汁，一日四至六杯。

三次咁多?

8 喝了那麼多纖維蔬果汁，每天更要大便三次來排毒，每天一次就算是便秘。

媽，你也有買這本書嗎?

9 後來，回到媽那邊……

10 原來媽已經買了那部大馬力的攪拌機，書是隨機附送的。於是我們的榨汁生活開始了。

榨汁老少女·二

近來媽買了一個三匹高馬力的攪拌機回來。

這是近日師奶界熱爆的萬能榨汁機,可把生果的芯和核一併打碎。

你試一試我第一個試驗品。

唔?

黃豆 ＋ 杏仁

怎麼我同時覺得是豆漿又是杏仁糊?

是這樣的,拿出攪拌機的小杯,放下少許浸過的黃豆和杏仁,再加一杯水。

黃豆　杏仁　水

6

按下這個豆漿按鈕。

7

轟隆隆……

8

三分鐘後……

已經很糊了,還要攪拌嗎?

是呀,這個還自動加熱呢!

9

它和我以前買的攪拌機、豆漿機、甜品機……不同,這個更省材料啊!

媽又多一件玩具了。

得益者

10

榨汁老少女 · 三

測試一 · 成功

1 話說媽買了一個三匹高馬力的攪拌機回家,上回試了杏仁豆漿。

測試二

2 今次媽要來一個難度較高的測試。

3 首先媽煲了一鍋中式南瓜番茄魚湯。

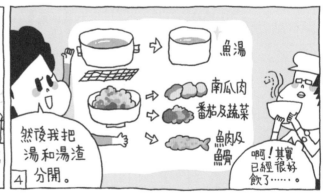

魚湯

南瓜肉

番茄及蔬菜

魚肉及魚骨

4 然後我把湯和湯渣分開。

啊!其實已經很好飲了⋯⋯

 榨汁老少女・四

| 1 | 媽用新買的高馬力攪拌機做了杏仁豆漿和南瓜濃湯頭,今次又試新東西了! 測試三 |

| 2 | 今次有勞母親大人到街市採購新鮮材料,包括: |

青瓜　芹菜　青蘋果　青椒　苦瓜　3

| 4 | 今次媽要做的是我喜歡在街上喝的+五元一杯的五青汁,是營養高排毒好的飲料。 |

| 5 | 我忽然發現洗碗盆附近有幾辮用剩了的新鮮蒜頭。 |

媽，不如學書上寫的放一兩瓣蒜頭，健康呀！

也好，試試吧。

6

轟隆隆隆

7

應該不會有問題的！

8

呸……加了兩小瓣蒜的五青汁十分辣呀！

9

嗚……難喝都要喝……

健康啊，飲吧！

於是我們只好硬著頭皮把五青汁喝光。

10

測試三·失敗

攪多了，每人一杯下午飲。

結果那一個星期想起五青汁和蒜頭都怕怕呀。

11

躁底恩物

1 話説六月又是趕出書的繁忙時間。

2 老少女難免有點兒心火盛。

3 為了避免發生以上這個情況⋯⋯

老少女需要一杯有效的下火茶。 4

苦瓜乾

部份羅漢果

山楂

5 這是一杯由苦瓜乾，捏碎的羅漢果和一些山楂乾焗成的自製下火茶。

6 焗幾分鐘便可以飲了。十分香濃！

7 於是心情便立即變好了。

8 然而老少女的壓力太大了,心火又再燃起來。

9 這個時候老少女可以選二下用不同乾茲焗成的下火茲茶。

茉莉花乾 玫瑰花乾 薰衣草乾 菊花乾

10 口感清新可口又降火,心情又再變好。

11 丁丁一定有一個很大的疑問:

一又來了!

為什麼這個女人這麼躁底?

12

捏碎一個羅漢果

13 丁丁於是把捏碎的羅漢果煲一大鍋水,後隔渣。

14 涼後放入膠樽內,再雪凍。一次可造很多。

15 雪凍了的羅漢果茶真是躁底人士的恩物。

保健老少女

老少女不知不覺已經到了筋骨勞損的年紀了……

1

到媽那邊，發現梳化上有盒東西。

2

原來我媽也用這些保健腳底貼嗎？我以為是玩心理作用的呢。

3

採用日本【孟宗竹】

以純紅燒土窯製……

提煉的竹酢液經十五年的儲藏及熟成。

轉化成粉末，配合……

4

媽，這些保健貼真的有用嗎？

貼完鬆點囉！有用吖。

5

這盒還有兩片，你拿去試試吧。

6

粉末包

膠布

其實用法很簡單，只是把粉末包貼在膠布上……

7

再貼在閣下不適的部份，睡一晚。

8

翌日

我的腰也不酸痛了！

嘩！粉末吸了我的濕毒而成了結晶，太厲害了！

9

因為粉末未濕，所以可以留下來了晚上再貼在腳底下。

10

翌日

嘩！好濕好好黃又好啡又好滑潺潺呀！

11

於是

我便一貼在患處

12

我今早起來發現保健貼濕得弄污了我的衣服呢！

你需要有護翼的……

13

老少女骨精團

P小姐

••••••

草莓

我

1. 星期五晚,各位老少女都為了手頭上的工作忙個不停,弄得滿身腰酸背痛。

2. 放工以後,不少痴男怨女浮游於老少女身邊每個角落。

3. 只有一眾麻甩佬和王老五……

下一站: 羅湖

4. 以及一些老少女才會乘火車北上「尋歡」。

深圳

5. 上深圳,主要都是吃喝玩樂。

6. 首先問靚仔公安哥哥哪裏有「中森明菜」。

7. 以前在電視上看到「中森明菜」日本料理的廣告,都覺得份外可而可。

中森明菜

8 首先是店名,怎可能用上了八十年代日本女藝人的名字呢?

9 其次是店內裝潢及制服:店內裝修得像酒樓,又大又吵,而侍應穿得像個知客。

這個在香港吃很貴的。

你那款不抵吃!

是嗎?

10 但其實最CHEAP的還是我們只點了最抵吃的東西,因為常常比較香港和深圳的價格,所以點菜時更加小心。

11 飯後便到相熟的按摩中心,八十八元兩小時全身按摩送一小時腳底按摩,TIPS另計。

12 我們三個除了按摩外,更要求拔罐,去除身體內多餘的濕氣……於是統統變成梅花豬。

13 按完三小時後,便反轉身呼呼入睡了……

14 早上起床後,便接受餘下的腳底按摩……整個人都清醒過來。

老少女骨精團 YEAH!

15 回去前,我們更到小肥羊吃火鍋,價錢比香港便宜一半,實在太婆仔了!

老少女工具‧上

啊呵呵呵呵

姐姐

JJ

1 話說某天晚上有對姊妹花專程探望我家男主人JJ。

家姐,我近來工作很累,什麼時候上去捼骨?

妹妹

2 就在這個令JJ透不過氣的時候,妹妹這樣說了一句……

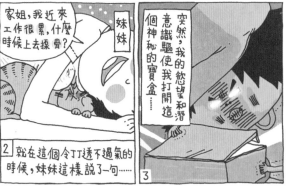

突然,我的慾望和潛意識驅使我打開這個神秘的寶盒……

3

4 打開這個寶盒之際,一道道金光散發出來,究竟盒子內的東西是什麼?

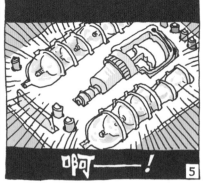

啊——!

5

老少女工具・下

1 之前說到我爲姊妹花介紹這套看似豐胸用品的拔罐套裝,有助去除肌肉的痠痛。

姐姐

小姐,不用擔心不懂得用,內有VCD和穴位說明書……

2 不知不覺間我已經變成一位孤獨的推銷員。

來吧,我就找個人示範給你看。

妹妹

3

吱

吱

肉

槍柄

罐狀

4 就是這麼簡單,安裝好槍柄和罐體後,就在痛的位置上吱吱地吸起來。

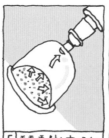

5 看看看!抽空吸起一個大肉球,而且毛孔明顯擴大!!

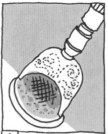

6 然後罐面開始冒出水蒸氣,肉球也變成紫色。

7 如果身體不好,罐內更會出現一滴滴水珠……。

8. 啊!真是恐怖得很啊!我第一次幫人拔罐咋!

9. 但這真是人體的奧秘啊!

10. 因為拔罐的成功感太大,不知不覺拔上了癮。

11. 小姐,其實寂寞難耐時也可以用這個。

真的?

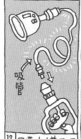

12. 只要在罐和手柄中連接著一條專門管子……

13. 孤獨少女就可以很容易地享受拔罐給予的解放和歡愉了。

14. 最後,姐姐買了兩套拔罐套裝,送禮自奉皆宜。

15. 而妹妹因為拔罐印太多,令男朋友發揮不到床上應有的雄風。

揉骨HELEN

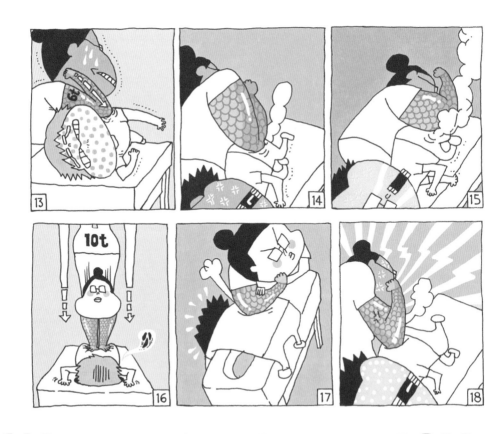

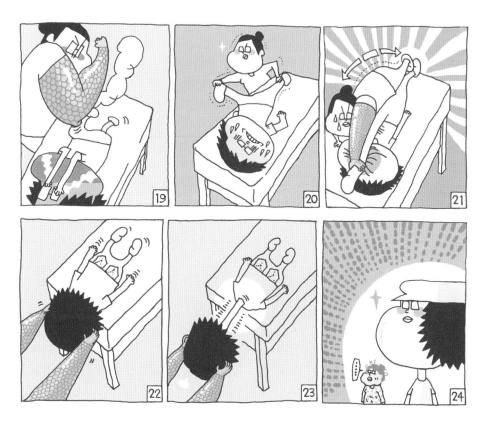

CHAPTER 3

粉紅心事

三十歲前的願望

三歲的時候，我的願望是可以常常出街玩耍。

1

十歲的時候，我的願望是進入一所不太差的中學。

2

十五歲的時候，我的願望是升上中六。

3

廿歲的時候，我的願望是進入任何一所大學。

4

廿八歲的時候，我的願望是可以畫公仔餬口。

5

一直獨立追求理想的我並不覺得有問題，直至近來……

6

驚覺自己的青春小花，花瓣已經開始落下。

青春小花

7

8 還要面對一個對女孩子極之殘酷的數字。

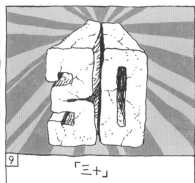

9 「三十」

你差不多三十了，沒有可能不拍拖的，快介紹給我們認識吧！

10 自此，跟親友的聚會總是聽到這些……

最小的堂妹已經拍拖了……

老師們都擔心我變成老姑婆。

堂弟在英國又轉了女朋友。

11 大中小學的同學們紛紛送上紅色炸彈。

12 經常單身的我，只好一邊聽著他們的勸告，一邊在縫紉地上的花瓣。

三十歲前我可能要改變一下了……

13 拿著由花瓣縫製出來的雨傘，在雨天下許了一個願望。

幸福的原野上

感情的原野上，我是一個浪子。

攀山越嶺尋找我一直缺少了的部份。

你看！他們找到了！

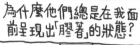

為什麼他們總是在我面前呈現出「膠著」的狀態？

你看！

他們真的……

7 有那麼……幸福嗎？

8 糧食還是遠一點比較好……

10

11

12

13

聖誕的原野上

感情的原野上，我是一個浪子。

啊?!

1

2

不知不覺，又到聖誕節了……。

3

聖誕明明是慶祝耶穌降生……

4

為什麼現在卻變成鼓吹消費的節日呢？

5

你看……多令人討厭！

6

7 最可怕的是,聖誕已變成一雙一對溫馨度過的指定日子。

8 搵食還是遠一點比較好。

13 最後聖誕老人送了最新版的《愛情100問》給我。

情慾禁區之南生圍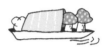

感情的原野上，我是一個浪子。

1

2 為了覓食，不知不覺來到南生圍。

3 在前往南生圍的途中……

PART-TIME MODEL

4 我發現有很多「龍友」。

5 有一些旁若無人的熱戀情侶……

6 一些以攝影為名，
追女為實的男人……

7 還有為追女而各出奇謀的
眾多少男……

8 搵食還是遠一點
比較好。

9 怎知……

10 任何角落……

11 都是這樣……

搵食還是遠一點
比較好！

12

願望快遞

年尾等我許一個願望先！ `1`

我要揾 我嘅開心 `2`

卜 `3`

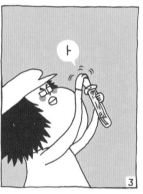

除夕晚—— `4` `5`

叮噹

叮噹

賊？

鬼？

`6` 除夕晚零時十二點零一分，我家門鈴響了。

小姐，我們是願望快遞，請收貨！

`7` 或許是我在海旁許的願望成真了……

8 突然間……

BABY, 恭喜晒，
新年快樂!

難道你就是我的禮物?

9

對不起，你不是
我的 TYPE，只好
送你另一份禮物了。

10

對不起，
我下半年要
專注工作，
嘻嘻。

11

其實我也喜歡
你，但 TIMING
不對，SORRY!

12

對不起，我
沒有 FEEL 啊。
我們還是
朋友嗎?

我知這
禮物一
定適合
您呢!

13

14 原來是一套感情
浪子的戰衣?

我會繼續
努力的!

15

老少女實況劇

我相信純真的愛。

1

所以我喜歡看韓劇……

2

一個自編自導自演的 **老少女**

3 雖然韓劇劇情單純，主角們又總是患上絕症，但看慣了老少女總是能夠從中產生極具娛樂性的幻想。

STELLA，我喜歡你那率直的個性，我從來沒有遇到對我如此不客氣的女孩子。

4

STELLA，我欣賞你的才華，和你那顆純潔真摯的心靈。

5

STELLA,不知道為什麼會喜歡你,但我深信這是上天刻意的安排。

夕陽很美呀

7 於是乎……

這首曲是我為你而作的。

8 每一刻都出現著……

你看!

9 甜蜜到漏的愛情場面。

表哥??

哥哥!?

堂弟?

10 韓劇的高潮,莫過於糾纏不清的感情關係了……

我應該選擇哪一位呢!?

11 這個時候,真的為難了自編自導的老少女了。

戀愛吹水時間表

1. 一寸光陰一寸金,寸金難買寸光陰的道理相信大家都明白了,尤其對於老少女們……

2. 你看,每一天的SCHEDULE都畫得密密麻麻的……

3. 所以忙碌的我,真的有時間拍拖嗎?

TOTAL : 24 hrs

10 hrs 工作 / 8 hrs 睡 / 6hrs 衣食住行

4. 試想想,如果沒拍拖的正常時間表是這樣的。

工作 8小時 / 睡 7hrs / 5hrs 拍拖 / 4hrs 衣食住行

5. 當拍拖時,工作時間明顯減少了一大截。

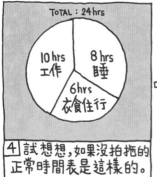

6. 又假如,出現了第三者,形成了一腳踏兩船的情況……

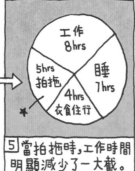

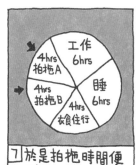

7 於是拍拖時間便
一分爲二了。

8 拍得拖，
自然要逛街
買衫了。

9 每天出門前都要花至
少一個小時MIX & MATCH。

10 和男朋友出街，
當然要化化妝。

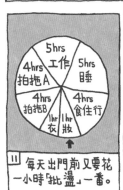

11 每天出門前又要花
一小時「批盪」一番。

12 拍拖難免有分手
的一天……

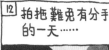

13 失戀時間表便
是這樣了。

沒有拍拖
原來是這
麼好……

14

美男熱狗餐

每逢和朋友去逛街，總為吃什麼而煩惱。

P小姐

PL小姐

1

我想吃一些又便宜又好吃的東西，吃什麼好呢？

我想吃特別的東西，但我不吃生的食物的。

我想吃日本菜，但又貴又要生吃，她們未必喜歡。

IKEA

2

不如……我們去傢俬店吃熱狗囉。

3

太好了！吃熱狗實在是太任性太有驚喜了!!

4

於是我們每人買了一份熱狗餐，大熱狗，連汽水，盛惠港幣九元。

5

啊！麵包外層烤得又脆又香，好味啊！

6

中間的香腸又長又好吃,很有口感呢!

7

嘩!茄汁和芥辣的層次很豐富,太令人滿足了!

8

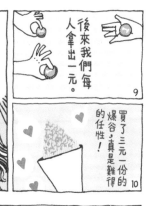

後來我們每人拿出一元。

9

買了三元一份的爆谷,真是難得的任性!

10

就在我們享受甜絲絲的爆谷時,我們注意到⋯⋯

11

旁邊有個獨自吃熱狗的俊男。

12

他獨自吃熱狗,想必是單身的了。

CASUAL SMART,十分不錯呢!

但我覺得他是負資產才要捱熱狗罷了。

13 我們這些老少女就這樣度過了一個很有意義的晚上。

大浪費

1. 近來認識的男士，越來越高質素和懂得打扮。

2. 但是他們很多都是……
GAY

3. 真是浪費！

4. 啊……那是他的另一半嗎？

5. 他的另一半質素也很高啊！真是雙重浪費啊！

6. GAY的男士總是出現在老少女們的辦公室。
GAY
老少女

7 或是閃耀於老少女們的朋友圈中……

8 看耳環也可以看出他們的心……

9

STELLA，來我的生日PARTY，這裡有許多「好東西」！

10

11

12 STELLA嗎？

你終於來到了嗎？

STELLA，你討厭我們嗎？

13 雖然明知他們是同志，但我還是按捺不住。

老少女之化學作用

1 話說有一天某雜誌記者預約上我家探訪。

2 上來的是年青的雜誌記者和攝影師。

咦?!

3 突然間有種味覺的刺激。

4 原來他們其中一人噴了香水……

5 以動物層面看,氣味是霸地盤的天生工具。

6 人類方面,有些沒洗澡或有體臭的人會用香水驅味。

7 出席特別的場合,噴一點香水也是一種禮貌。

8 有些人更會以香水作為自身獨特的標記,令人容易記起。

9 據聞也有一些同志會以香水氣味表達特殊的訊息。

10 對女性來說,靠近才聞到的異性香味,更令人感受到穩重和性感的錯覺。

11 但是……這種香水氣味有點古怪。

12 究竟這個是記者先生的香水味?

13 還是攝影師先生的香水味呢?

14 還是他們兩個的香水味混合一起呢……?

15 實驗證明,同時出現兩種男性香水氣味時,其化學作用會令老少女產生大量不見得光的影像。

老少女泳池觀賞指南

唔……寄來的信總是那麼悶那麼DRY,看完信後,我的面油都多一點。

1

唔?這問題是「主持人你好,我現在身心都好DRY,有什麼運動可以令我JUICY一點呢?老少女上。」

2

這真是一個很好的問題!

3

如果閣下想變得JUICY,就要快快從櫃桶底拿出你那件發了霉的泳衣了!

4

老少女泳池裝備

泳帽

適當度數游泳鏡

一件頭泳衣

5

呵呵！去到泳池，除了可以游水外，只要游泳鏡看得清楚，其實是有很多JUICY的東西看的！

6

7 你看！這邊有很多擁有完美肌膚的小孩子。

8 那邊有青春煥發含苞待放的少女，在T-SHIRT下仍大放異彩。

9 除此之外，也有一些半浮在池邊的奇異生物。

10 或是喜歡潛水的牙籤人。

11 以及擅長狗仔式的中年人士。

12 但最重要的是，那裡有身形健碩的游泳教練。

老少女泳池也觀賞指南

1. 游泳學生
初生小學男學生，擁有著光點點幼而極之嬌嫩的肌膚。

2. 躲在泳池角落的老少女
戰上游泳全景的時候偷看著大家最方便的了，除了面前你眼睛向旁看，必沒有人發現。

3. 游泳教練
三個頭與健碩皮膚光滑的游泳老師式是雙個泳池的教學大重點。剛柔並體會令人深深體會得這個的男人味。

你們保持腰不夠直，鞋針不夠泳，拍得不夠泳，再游过！

不用怕，慢慢游，慢慢行

我好驚呀！

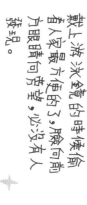

4. 習泳小男生
從小習泳的小男生，體形特別硬朗，兩肩特別寬，兩臂大其發達，可能想像但游泳教練但時候也是這樣子訓練出來的。

5. 救生員
一左一右的救生員，是泳池的右門神，他們高高在上，帶點憂鬱，常常令人幻想他們拯救人的那一個美得的MOMENT。

我眼！

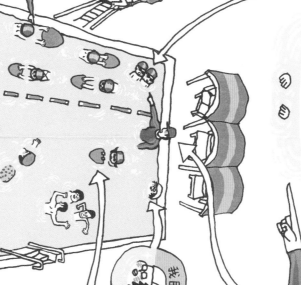

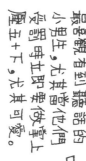

6. 曖昧的男女
總喜歡在泳池中檔作一團的搞男拍女，為可惡，簡直污染池的健康氣氛，要時受罰時立即哮像他們真應當眾的出軌。

7. 青春少女
通常她們會結伴游水，貼的細碼成人泳衣或是大碼小童泳衣，以紮馬尾遮的真的隱若現的春光，都令人有讚美造物主的衝動。

8. 小女孩
不知是否總覺得我想大為了，總覺得救生員每個動作都像月層照片一樣，令人有喘不過氣的感覺……如此可愛的小孩子，型到小泳子便十分高興，真的個一一必老少女甲男性。

吃不到的葡萄

正所謂「不時不食」。

1

炎炎夏日中，找食當然首選是……海灘。

2

咦？這沙灘蓆還很新呢，抹一下便可用了。

3

4

咦!?

原來是旁邊包包的男主人嗎!?

5

咦?還有女主人嗎?

這個女的……

啊!真的也很有看頭呢!!

咦?!那邊有兩個肌肉男……

同志?!

吃不到的葡萄真是太酸了!!

老少女之傳奇一刻

1 話說東亞運動會舉行前的一個星期六早上，維港竟然滿佈了來自世界各地色彩斑斕的小帆船。

2 咦?!C小姐的家也可能看到的,也叫她一起看吧!

3 我看不到啊。好看得要一大清早找我看嗎?

C小姐

4 哼!你不是說駕駛那些帆船的一定不會令人失望嗎?

吸!!

5 沒錯!帆船上的總是令人怦然心動的年青才俊!

6 當中一定會有一位黑黝黝、身材健碩的領隊。

他一定穿上白色Polo血,配上雪白冷背心!

7 另外,又總會附上一位嫩滑的小白臉,十分可口!

他一定是大家族的遮子,大學剛畢業,開朗反叛愛自由。

名流BALL場不乏他們的影子……

他們又是經濟時事雜誌的封面人物。

8

嘩！有艘大郵輪駛進帆船堆中呢！

"什麼？"

9

HELLO!

郵輪上一定有很多撇下老公的老外婦人，在郵輪甲板上向帆船上的男士揮手歡呼。

10

啊！太好了！在郵輪上竟然看得這樣清楚呢?! ♥♥♥

11

你看那邊的年青才俊！♥♥

12

他是之前健碩男和白滑男的完美混合版！♥♥♥

13

每一個小動作都有♥型瀟灑！

14

啊！還有他的粉紅波點底底♥♥??!

15

嗚……早知不要看得太清楚，原來是同志來的。

太可惜了！

16

男人這東西

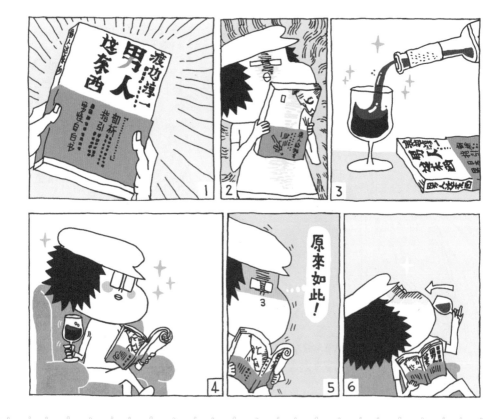

原來如此！

真的是這樣嗎??

我的戀愛24小時

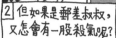

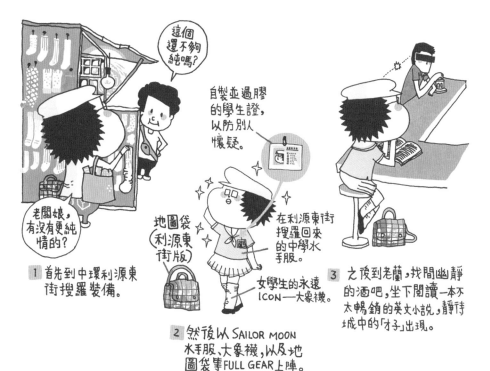

這個還不夠純嗎？

老闆娘，有沒有更純情的？

自製並過膠的學生證，以防別人懷疑。

地圖袋（利源東街版）

在利源東街搜羅回來的中學水手服。

女學生的永遠 ICON——大象襪。

1 首先到中環利源東街搜羅裝備。

2 然後以 SAILOR MOON 水手服、大象襪，以及地圖袋等 FULL GEAR 上陣。

3 之後到老蘭，找間幽靜的酒吧，坐下閱讀一本不太暢銷的英文小說，靜待城中的「才子」出現。

4 再與「才子」在老蘭街頭「舌戰」一番,並且CALL定記者狗仔隊隨時候命。

5 然後我們去吃日本菜,當然要趁現在和「才子」自拍生活照。

6 飽暖後,當然要翻雲覆雨一番。

7 之後 SEXY 地只穿
著「才子」的大恤衫，
把剛才自拍的照
片 UPLOAD 上我的
BLOG 內，並寫上
「我是不是很傻」。

你要走了嗎？
留多一陣子
吧。

不了，差不
多廿四小時
了。

8 穿好衣服，打算
來一個體面的
道別，然後拍拍
屁股走人。

這本雜誌＋多
年前出版的，
你真的是中學
生嗎？

這些 YEAH
雜誌和 YEAH CARD
是我當年的珍藏，
尤其是這張「追風少
年」吳奇隆的閃卡
更是我的至愛，可
以給我簽個名
嗎？呵呵。

9 走之前，記得要問
「才子」拿簽名啊！

我的青春日記

1 話說當日跟「才子」在老蘭「舌戰」被「斷正」，而令滿城風雨。

2 之後「才子」使出「支持聲明」、「道歉聲明」，現在竟出「分手聲明」。

哈，似乎我的復仇計劃十分成功呢！

4 正當我以為一切順利進行，想不到「才子」「玉女」分手後，又立即宣佈結婚。

5 不消一會，我更收到「才子」的請帖。

6 出席飲宴前，我把YEAH卡從床下底拿出來。

7 然後在「才子」的婚宴上，把印在YEAH卡上的城城金曲《對你愛不完》的歌詞抄在婚宴留言冊上。

為什麼我要報仇呢?

4 午餐時,我們也去扭卡。

5 用私家電筒看閃卡更是我的專長。

6 然後把閃卡收集在一本卡簿內,多餘的便拿去和同學交換。

7 我們又把YEAH卡背後的歌詞抄到枱上。

8 心血來潮時,更會把歌詞抄到女廁/廁格的牆壁上,歌詞後更加上心儀男孩子的名字,以及自己的簽名。

全情投入來愛你♪

9 小息或午飯時,我們更會拿著YEAH卡練歌呢。

10 YEAH更是我們的性教育補習班。

11 而每一期最令人期待的莫過於「城市驚喜」了。

12 YEAH雜誌內有很多幫人影沙龍的小廣告,當時全班同學都會花錢留倩影的。

13 沙龍叔叔約我到九龍公園影一輯沙龍。

14 然後，我把沙龍複曬幾套，其中一套拿去投「城市驚喜」。

15 結果「城市驚喜」並沒有刊登我的沙龍，連豬扒照也不登我。我要報仇！

何嘉莉

今期「城市驚喜」主角竟是何嘉莉？

CHAPTER 4
姊妹兵團

拆彈專家

唔……寄來的信裡，其實很多都十分沒趣呢。

1

嘩！這個問題好呀！她問：「下年好年，我收到很多紅色炸彈，怎麼辦呢？」

哈哈哈

2

3

我都有紅色炸彈??

4

有兩個?

5

第三個？

BANG

6

7

8 第一封紅色炸彈是近來在工作上認識的人寄來的。為何偏偏選中我?!

9 第二封是小學同學，廿幾年無見，結婚擺酒才記得我?!

10 第三封是我曾經愛過的人，結婚竟敢再找我!?!

拆彈法. 1

·適用於路人甲·

1 先帶上一對方便精密工作的棉質手套。

2 小心地從信封夾出請帖,切記不要弄破信封。

3 然後謹慎地夾出禮餅券,重點是不要留下指紋。

4 最後小心翼翼地把請帖封好,並用箱頭筆寫上「無此人」,讓郵差叔叔送回去。

拆彈法. 2

·適用於小學同學·

1 先把請柬內所有東西拿出來。

3 把紅色紙放在熱水中焓十八隻紅雞蛋,好意頭。

拆彈法.3

●適用於有感情瓜葛人士●

2 除了十元紙幣和餅券外，其他紅色東西全部狠狠地剪碎。

4 出席飲宴時，就帶上親手特製的一籃紅雞蛋作賀禮吧！

1 先從請帖中抽出十元紙幣和禮餅券。

$500
100日
＝每日儲5元

2 以離飲宴的日子數目，計算出每天要儲多少錢作禮金。

算啦……

3 在飲宴前一晚，用餅券換一打西餅回來，而十元回禮則拿去士多或辦館買兩罐青島啤酒，然後在天台上獨自感懷一番。

4 出席飲宴，用五百元換上麥當當的飲食現金券作結婚賀禮。

老少女SCHEDULE

1. 實不相瞞，我是一個事業型女性。

2. 咦，電話？

3. 行了行了，八里結婚的姊妹籌備會議我會來的……

4. ……

5. 話說剛踏入新一年……

6. SCHEDULE 已經堆得滿滿了。

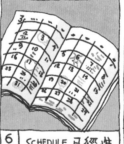

7. 而今年更特別開闢新欄位→結婚名單。

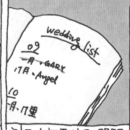

我是大家姐 🍰

終於到了〇九年九月廿七日星期日啊！

你堂妹托我給你的，她說給你一個 copy。

2 話說媽遞了一個公文袋給我。

原來是堂妹結婚的喜帖和紀念品，用上我幫他們畫的二人插圖，都算幾有 TASTE！

3

那你去看他們行禮嗎？

才不要，上次做姊妹看過了，很悶的！

4

那你什麼時候現身呢？

……

5

這真的是個好問題啊！

6

WEDDING PHOTO HUNTER

1 大學同學每年都會搞幾次老少女老少男的生日會，不知不覺我們相識十一年了。

我表面上慶祝生日，實質當然是汲取創作靈感，亦即收料。

2

C小姐

你看這SET英式下午茶的擺設多美好……

3 這位就是「愛情小仙子」，上期教我怎樣進入「粉紅色的心情」，是感情上的「事家」。

C先生趁機測試相機

4 C先生每次總能提供古今相機的任何知識。

他們就是這樣了！

5 W小姐則大談教學辛酸史。

你買多少錢？

必買!!

6 CH小姐和AL小姐則分享購物心得。

M小姐

這個最新，還有貨，幫你買有七折啊！

7 M小姐能提供時裝界的最新折扣資訊。

A小姐

8 其中一位老少女A小姐缺席影婚紗照。

9 而我最喜歡的就是這個交流消息的時候了。

10 想不到今次的「戲肉」來了……

11 於是從這次老少女少男的聚會中，我們開始有了新節目。

12 於是我們一起玩 WEDDING PHOTO HUNTER 了。

出動吧！
姊妹兵團·一

1. 近來收到快要結婚的同學電郵。

A小姐　MR.H

2. 話說這對準新人拍拖十多年，今年八月終於「批埋天窗」。

不如找朋友一起做個特別的婚禮MV吧！

3. 這位準新娘是我在大學讀設計的同學，固然創意多多。

AL小姐，你可以爲我配音樂嗎？

無問題呀！

AL小姐

4. 於是姊妹兵團便找來音樂大師AL小姐。

M小姐你可以替我找一些道具嗎？

NO PROBLEM!!

M小姐

5. 此外，有櫥窗設計師M小姐。

我可以為你找拍攝地點呢！

太好了!

C小姐

我可以幫你借來事業的拍攝器材呢！

CH小姐

我可以做你的動作指導喎！

W小姐

我可以為你的MV畫些序幕或過場等等！

STELLA

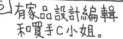

6 有家品設計編輯和買手C小姐。

7 有多媒體老師CH小姐。

8 有舞蹈老師W小姐。

9 有畫東西的本小姐。

咦?不如也叫MR.AN拍片SET燈啦!

MR.AN

咦?不如也叫C先生來影相和搬東西啦!

C先生

為什麼這種感覺會如此似曾相識呢?

10 當然不忘,找來產品設計師MR.AN。

11 重有研製相機的C先生幫手。

12 不知不覺,這個婚禮MV便把我們帶到多年前讀設計做PROJECT時的「美好情懷」了。

出動吧！姊妹兵團・二

1 話說大學同學A小姐想自製一個嶄新的婚禮MV。

2 於是找來一眾讀設計的大學同學一同參與製作。

3 然後在某星期天大伙兒前往元朗的南生圍取景拍攝。

4 姊妹兵團的戶外工作莫過於為準新娘打點一切。

5 而首要工作便是確保準新娘可以在郊外順利換上多套婚紗。

6 之後我們便負責搬運拍攝用具。

7 在南生圍這個拍攝勝地，要常常為準新娘霸佔最佳位置。

8 此外，也要隨時為準新娘補妝和SET頭。

9 拍膩了，便要為準新娘安排各款小道具。

10 當準新娘擺好POSE後，姊妹兵團即以五花百門的攝影器材為準新娘留下青春倩影。

11 而準新郎的任務，則主要是替姊妹兵團看守「包包」。

出動吧！姊妹兵團·三

準新娘A小姐

你們快去揀姊妹裙啦，我付帳！

1 話説A小姐快要結婚了，並叮囑姊妹們快快準備。

2 於是姊妹兵團便拉大隊到某商場尋寶，每間店都有人出來拉客。

咦!?這間店有套餐，可租可買呢！

套餐
4人…1…
5人…2…
6人…4…

嗚……我真的要穿這些閃閃裙嗎??

4 就是因為一個六人姊妹套餐，我們便決定在一間小店訂造姊妹裙了。

出動吧！
姊妹兵團・四 囍

1 終於到了同學A小姐出嫁的日子了,姊妹七時多便要到新娘家。

新娘

2 一打開門,客廳塞滿了跟A小姐有如餅印的親人。

對不起,我遲了……

3 而屋裡有一間房間是留給姊妹們用的。

彩妝大使:新娘堂妹

4 一進去便深深體會到那種如臨大敵的緊張氣氛。

拉鏈拉不上啊!

我幫你拉!

吊帶丟下來怎辦呢?

有沒有人有膠布?

針一針便行了!

5 愈接近接新娘的吉時,姊妹們的作戰狀態愈激昂。

唉……眼妝好像有問題呢!

假眼睫毛又掉下來了!

新郎哥出門了,姊妹們快點呀!

幸好有堂妹幫我化妝呢!嘻嘻!

新郎哥下車了,姊妹快收拾啦!

6

7

12345 678910 11 12 13 14 15 16……

我心愛的粉餅碎了。

8

要補補粉

玩新郎的道具呢?

新郎哥在門口了,姊妹穿好鞋集合啦!

9

姊妹兵團・出動

10 正當新郎哥和兄弟們在門口苦撐時,FULL GEAR完美無瑕青春亮麗版的姊妹兵團終於出動了!

出動吧！

姊妹兵團・五

1 上回講到新郎和一眾兄弟已經在新娘A小姐的家外苦等多時……

新郎H先生

你好，我入來了！

開幕儀式

3 誰知姊妹兵團已化身成眾多的A小姐，誓要來個最轟轟烈烈的愛情試煉！

快穿上這些「麻甩孖煙囪」！

見面禮

4

出動吧！
姊妹兵團・六

1 上回講到姊妹們終於把新郎和兄弟放入屋，新人隨即向長輩行禮敬茶。

2 A小姐的眾姊妹忙於準備洗杯煲水沖茶落紅棗蓮子等工作。

3 而其中三位「姊妹」則把這美麗的時刻拍攝下來。

我們出發了！

4 壯碌過後，在女家的儀式完成了，新人和兄弟姊妹便出發到男家了。

5 這個就是我最期待的時候了！

紅雨傘
小袋米
6 依傳統，新娘出嫁往男家時，要有紅傘遮擋和有白米灑在紅傘上。
7 撐紅傘由伴娘負責，而灑米的重任則落在我身上。
8 在升降機中灑米更是人生少有的放縱和任性！
9 從升降機走出來之後，起初還一切正常，豈料……
為什麼新郎新娘愈走愈遠呢？
10
我好像走不動似的，為什麼呢?!
11
難道我昨天才買的高跟鞋……
鬆踭?!
12
可恨的高跟鞋啊！
13 就是這樣，期待已久的遊戲只好忍痛地交給其他姊妹了。

出動吧！
姊妹兵團・七

CHEERS!

1 其實姊妹兵團的工作就是演繹像大家閨秀的丫鬟。

很鐵甲萬能俠呢……

2 例如貼身幫小姐穿衣戴首飾……

怎放這條毛呢？

3 為小姐粉飾一下閨房……

很悶呢！

4 對探望小姐的公子哥兒把關……

閃呀！
避呀！

5 在小姐拋花球時，做人肉佈景板……

6 以及消滅小姐吃不下的蛋糕。

這些不正是還珠格格旁的明月彩霞金鎖鄧子小卓子的工作嗎？

老佛爺吉祥

7

新娘房

嘻嘻

8 | 但其實你們又知不知道丫鬟們最緊張什麼?

假眼睫毛又掉下來......

今早電的頭髮全部直了......

晚上彩妝要濃一點!

9 | 丫鬟們最重要的任務莫過於把自己打扮得靚靚的,不丟主子的臉嘛。

但又不可以比主子靚喎!

←涼鞋

10 | 為靚而穿了一整天高跟鞋的丫鬟們,就只好暗地裡「解脫」一下。

總而言之,做姊妹雖然好玩,但一次就很夠了!

11 | 做姊妹一次就夠了,可以的話......

又是婚禮・一

話說老少女又要出席人家的婚宴了。希望各位讀者不要介意。

銀光鏡面
燙桃紅字

通花

今次正是小學同學A先生的婚禮。地點是金鐘某著名酒店的宴會廳。

嘩……很豪華喎!

在宴會廳外,也有專為拍照而設的BACKDROP呢!

5

BACKDROP上更佈置有大量手造的雪白紙雕花朵。

另一邊的旋轉樓梯更有仿心形的紙花柱,更有桃紅色燈光滲出來。

6

7

未進入宴會廳已經氣派逼人。大水晶燈當然少不了。

8

連RECEPTION枱也經已特別裝飾呢。

咦,有三十多圍,更有不少商會人士喎⋯⋯

9

10

婚紗照真的是在法國巴黎拍,唔係KEY相的。

果汁先生又見面了!

雖然眼前的景象如此落重本⋯⋯

11

但也不會影響我今次將會付的禮金數目的!

嘿嘿嘿

12

又是婚禮·二

1 各位讀者不好意思，我仍然身在小學同學的漫長婚宴之中……

2
33
新郎中學及小學同學

啊，果然是最尾的一圍枱……

3 等了一回，要來的小學同學都已經出現了。

SP小姐：又瘦了。

你好！

CY小姐：又肥了。

CP先生：KEEP到喎！

W先生：肥得多。

L先生：小學模樣。

4 我們這班史前同學的友誼就是靠大家的婚宴來維繫的了。每次出席這類婚宴，我都有一個重任！

SP小姐

你啊,怎麼會又瘦又眼袋黑的?

5 就是向那些同樣是老少女而又單身的小學同學們……

嗱……我把最肥美的燒豬皮給你!

割愛

6 作出適當的問候和鼓勵。

CY小姐

你呀,上次都沒有這麼肥喎!!

7

你知嘛,老少女是要KEEP㗎!

比我媽麻煩得多!

8 以免她們從此放縱自己。

所以呢……我的責任真的任重道遠!!

9

A先生

10 而其實我們當中,KEEP得最FIT,就是台上的新郎A先生。

又是婚禮・三

婚宴是人生某階段的特殊產物,有如小時候生水豆一樣磨人。

1

A先生

2 上回說到新郎A先生在一眾小學同學中KEEP得最好。

正如ANDY WARHOL 說過:「在未來,每個人都能成名十五分鐘。」果然……

3

4 A先生在他結婚的大日子裡,完全成為了閃爍的超級巨星。

5 讓自己閃足十五個小時。

他以為自己是什麼？

7 從早上接新娘時，A先生主演的精彩MV……

8 到婚宴中，換上獨家設計的禮服。

9 以及穿上特別高的BOOT。

10 再到有LIVE BAND伴奏的台上情深獻唱。

11 最後更來個以A先生為中心的歌舞派對……

他真的以為自己是明星呢！

12

人家的婚禮

1 話說近來終於收到同學VV的結婚請帖了……

嗚……VV都結婚了,我真的要加把勁改善一下自己!

2 當看到請帖時,才知道婚禮很早便開始。

3 仔細考慮之後,如果在7:30AM起床,也只有兩小時裝身,當天的準備時間很短呢。

10:30AM 到場
↓
9:30AM 出門
↓
8:30AM 裝身
↓
7:30AM 起床

好!還有一個星期,不如每天進行特訓吧!

4

計時!

5

6 為了在婚禮(人家的)煥然一新,有個新髮型是很重要的。星期一晚便進行捲髮及試用各式定型水的特訓。

MOZ特訓:捲曲髮

要快而準!

TUE特訓：揀戰衣

WED特訓：批溫畫

THUR特訓：買袋

7 星期二晚上則把從未穿過的華麗衣服進行地獄式的MIX & MATCH特訓。

8 星期三晚上便照著時裝雜誌學習各種底妝眼妝等塗批盡的特訓。

9 星期四到長沙灣的時裝批發地尋找BALL場手袋。

FRI特訓：買鞋

SAT特訓：整理手袋

手袋這麼小連包紙巾也塞不下啊!

10 星期五晚上到各大商場搜刮「夢幻高跟鞋」。

11 星期六晚上則進行整理手袋的嚴峻考驗。

怎麼明明不是我結婚，我卻要這麼辛苦呢?

12

為什麼？

SPECIAL EFFECT

1 近年差不多每一個月都收到朋友的結婚請帖……

咦?這是誰送給我的請帖呢?

2

這對擁女樣子很陌生,男的我一定不認識了。

3

女孩子呢?都很陌生啊!真的認不出她是誰呢?寄錯了嗎?

4

文字上寫的是我的小學同學,但真的不像她呢。

HI!

張小姐

5

她出來聚會時也有化妝的,為什麼拍婚紗照時樣子卻完全不同呢?

6

既然要不同,不如再玩得盡一點,來個60's'反戰不羈的WOODSTOCK妝!

7

還是來一個經典得不行的瑪麗蓮夢露Look吧!

8

不,也要來一個狂野的HARDROCK造型啊!

9

玩得這麼快樂,不如再來一些如BJÖRK才敢化的外星造型吧!

10

這個不夠經典呢!

這個不夠狂野喎!

川無聊的老少女便開始為自己的幸福作長遠的準備了。

我要搶花球

林太　師妹W小姐　同學J小姐　師妹Y小姐　師姐B小姐

1 每當中學美術老師林太回來香港，師姐師妹便會聚首一堂談天說地。

2 而我們的課題，已由從前的美術科演變成今天待人接物，工作以及夫妻相處之道。

上次在J結婚當日搶到花球的女孩子好像下年真的結婚了。

師姐B

3 現在不知不覺談到搶花球的題目了。而這位師姐現職某中學會考班老師，壓力非常大。

喂，有次和幾個朋友轉桃花，怎知其中的男生不久便拍拖，把我們的桃花運都搶走了。

師妹Y

4 這位是同學J小姐的妹妹，現職小學語文老師教書態度十分熱誠。

是啊是啊！J的婚禮上你爸爸還要在你將要拋的花球中攝了一張五百元鈔票來增加氣氛呢！

師妹Y

5 這位是師妹W小姐，今年她終於考取建築師牌照，是一個不折不扣的美麗女強人。

哈哈哈哈，我記得我拋花球的時候，有人在人群背後又閃又避又掩面呢！

同學J

6 這位便是除老師外，唯一結了婚的人。現職英文老師，感情事業兩得意。

老少女心事

責任編輯｜李宇汶

書籍設計｜嚴惠珊

作者｜Stella So

出版｜

三聯書店（香港）有限公司

香港北角英皇道 499 號北角工業大廈 20 樓

Joint Publishing (Hong Kong) Co., Ltd.

20/F., North Point Industrial Building,

499 King's Road, North Point, Hong Kong

發行｜

香港聯合書刊物流有限公司

香港新界大埔汀麗路 36 號 3 字樓

印刷｜

中華商務彩色印刷有限公司

香港新界大埔汀麗路 36 號 14 字樓

版次｜

2013 年 1 月香港第一版第一次印刷

規格｜

特 16 開（148mm × 185mm）160 面

國際書號｜

ISBN 978-962-04-3245-3